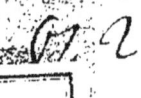

TROIS CHANTS CHOISIS
DE LA DIVINE COMÉDIE

DE

DANTE ALIGHIERI,

AVEC DES NOTES

ET UNE NOTICE SUR SA VIE ET SES OUVRAGES.

TRADUCTION INTERLINÉAIRE

DU

3e CHANT DE L'ENFER,

Par L. Maggiolo,

Professeur de langue italienne.

LUNÉVILLE,

..., libraire-éditeur, Grande-Rue, n° 23;

A METZ,

M.... Thiel, libraire, rue du Palais,

Et chez tous les libraires.

1833.

LA DIVINE COMÉDIE

DE

DANTE ALIGHIERI.

𝕿rois chants choisis.

Les formalités exigées par les lois ayant été remplies, des poursuites seront dirigées contre les contrefacteurs et les vendeurs d'éditions contrefaites et d'exemplaires non revêtus de la signature de l'auteur et de celle du libraire.

NANCY, IMPRIMERIE DE DARD.

TROIS CHANTS CHOISIS

DE LA DIVINE COMÉDIE

D E

DANTE ALIGHIERI,

AVEC DES NOTES

ET UNE NOTICE SUR SA VIE ET SES OUVRAGES.

TRADUCTION INTERLINÉAIRE

DU

3e CHANT DE L'ENFER,

Par L. Maggiolo,

Professeur de langue italienne.

LUNÉVILLE,

Chez Creusat, libraire-éditeur, Grande-Rue, n° 23;

A METZ,

Chez Mme Thiel, libraire, rue du Palais,

Et chez tous les libraires.

—

1833.

AVERTISSEMENT.

———

La poésie italienne offre des difficultés si grandes à ceux mêmes qui traduisent assez facilement la prose, que j'ai cru, en publiant cette traduction interlinéaire, faire un travail qui ne serait pas sans quelque utilité pour les nombreux amateurs de la belle littérature italienne.

J'ai choisi un livre de la divine comédie de *Dante Alighieri*, et cela, d'abord, parce que c'est le plus difficile comme le plus ancien des poètes, et ensuite pour payer un tribut d'admiration à notre vieil Homère, au géant du moyen âge, au précurseur de la civilisation et de la renaissance des lettres.

Ce serait sortir des bornes qu'on doit se prescrire dans un simple avertissement destiné à un ouvrage purement classique, que d'entrer dans de trop grands détails sur la vie et les ouvrages de cet homme extraordinaire. Cependant il est indispensable de donner ici un aperçu rapide sur ce grand homme trop peu apprécié, sans doute parce qu'il est trop peu connu.

Ce n'est point un éloge, c'est de la biographie que je vais faire.

Dante Alighieri naquit à Florence en 1265, au milieu des guerres et des vengeances excitées par la rivalité des Guelfes et des Gibelins.

Issu d'une noble famille dès long-temps attachée aux Guelfes, le jeune *Alighieri* porta dans ce parti toute l'énergie d'une âme forte et passionnée. Il se distingua sur le champ de bataille et mérita par sa bravoure et sa science d'être au nombre des six magistrats suprêmes de Florence, alors l'Athènes de l'Italie. Pendant son administration, des divisions éclatèrent entre les Guelfes vainqueurs ; Florence fut ensanglantée et le parti de *Dante Alighieri* fut contraint de céder. Les proscriptions de Rome ancienne reparurent dans cette

république turbulente qui venait de se-
couer le joug de sa noblesse : le poète
magistrat prit la fuite pour échapper à
la sentence de mort prononcée contre
lui , et sa maison fut pillée.

Banni de cette ville qu'il avait tant ai-
mée, il erra quelque temps dans les cours
de l'Italie , cherchant à exciter l'ardeur
des Gibelins contre les Guelfes, car alors,
implacable dans sa vengeance , il avait
embrassé leur parti. Mais laissons là le
citoyen pour nous occuper du poète et
de ses ouvrages , disons seulement pour
sa gloire qu'il ne cessa jamais de regretter
et de chérir son ingrate patrie.

Proscrit , dévoré par les chagrins et par
le besoin de la vengeance, le *Dante* (nous
ne l'appellerons plus que de ce nom)
s'achemina vers la France , attiré par la
réputation de l'université de Paris , où de
nombreux étrangers venaient étudier la
scolastique et la téologie. Là , vers 1304 ,
il soutint une épreuve publique , qui fut,
comme la rapporte un historien de sa vie

(BOCCACE), *regardée comme un miracle par tous les assistans.*

Je ne puis résister au plaisir de transcrire littéralement ici ce passage si heureusement traduit dans le cours de littérature française de M. Villemain.

« Beaucoup de monde, clercs et laics étaient accourus dans la grande salle de l'université, pour entendre une thèse qui devait être soutenue *de quo libet*, sur tout ce qu'on voudra. Le tenant était un étranger, jeune encore, d'une physionomie haute et grave. Il y avait quatorze champions attaquans; chacun présentait sa question, sa difficulté, avec tous les argumens que la science du temps pouvait fournir. Lorsque ces quatorze champions scolastiques eurent passé, le tenant reproduisit luimême toutes les questions; puis il les reprit, et avec une infinie variété d'argumens, terrassa ses quatorze adversaires. Cet étranger était le *Dante* (1). »

---

(1) Cours de littérature française, dixième leçon, 1830. Si mon suffrage pouvait être compté pour quelque chose, je me ferais un devoir de recommander à ceux qui cultivent la littérature et qui désirent suivre les progrès des lettres au moyen âge, la lecture de ces savantes leçons. On ne saurait donner trop d'éloges à la religieuse impartialité avec laquelle M. Villemain rehausse l'éclat de notre poëte,

Profondément imbu des croyances
nouvelles, théologien savant, plein des
souvenirs de l'antiquité, doué d'une ima-
gination vive avec de grandes passions,
ce hardi mythologue du christianisme
composa sa divine comédie, qui fut comme
la base de l'édifice des lettres sortant avec
effort des ruines du moyen âge. Je n'es-
saierai pas d'analyser son ouvrage, ses
formes gigantesques se refusent à mes
faibles moyens ; je dirai seulement que
c'est une chose admirable de voir avec
quel art divin il a su réunir à la majesté
d'un style sententieux et grave la légèreté

---

et je renvoie à ses écrits tous ces hommes peu instruits
ou dédaigneux d'une littérature étrangère qu'ils ne con-
naissent pas et qu'ils jugent avec une si injuste rigueur.
Ils verront dans les ouvrages de ce littérateur distingué,
non-seulement une notice brillante sur la vie du *Dante*,
mais encore une éloquente analyse de ses ouvrages ou
plutôt de sa pensée. Il n'est pas donné à tous de scruter
la pensée d'un grand homme, et l'on doit savoir gré à
M. Villemain d'avoir ainsi pénétré et mis au grand jour
le génie d'un poëte qui fut l'expression vivante de l'histoire, de la science et de la poésie de son temps.

et les charmes d'une élocution facile et brillante. Je dirai que jamais une carrière plus vaste ne fut parcourue avec plus de succès : science de la religion, connaissance exacte des histoires ancienne et moderne, description savante du monde, des cieux et des planètes, tableau des passions, des vices et des vertus des hommes, tout, comme en un miroir fidèle, se retrouve dans ce poème encyclopédique.

Les enfers, le purgatoire et le paradis, tel est le vaste sujet de la divine comédie. (1).

Égaré, au milieu du chemin de la vie,

---

(1) Il est curieux de voir avec quel soin le *Dante* lui-même prouve par la poétique d'Horace que son ouvrage est une comédie. « Si vous regardez le sujet, dit-il, il s'annonce par de graves embarras: il est horrible et hideux ; c'est l'enfer ; mais il aboutit à quelque chose d'heureux, de désirable, de gracieux, le paradis. Si vous regardez le langage, c'est un style détendu et simple, puisque c'est la langue vulgaire dans laquelle conversent les femmes. »

Le latin était encore à cette époque la langue des savans, et l'italien, *lingua volgare*, celle du peuple.

dans une forêt obscure, effrayé à la vue de *trois bêtes* féroces qui l'empêchent de gravir une montagne allégorique, le *Dante* est secouru tout à coup par Virgile qui lui promet de le conduire dans le royaume éternel. Se défiant de ses forces, il résiste d'abord, mais bientôt vaincu par les instances du poète latin, qui déclare tenir sa mission de trois femmes mystérieuses qui le protégent, il cède et suit son guide. Ils franchissent les enfers, et après une longue revue dans laquelle des épisodes brillans soutiennent toujours l'attention du lecteur, il se trouve hors de l'enfer et prêt à entrer dans le purgatoire. Là, Virgile conduit encore le poète dans les différens cercles, jusqu'au moment où arrivé au paradis terrestre, il lui déclare qu'il doit continuer sa route seul et que désormais il ne peut plus le suivre. Une beauté céléste, Mathilde, lui sert de guide (1) et le remet ensuite à Béatrice

---

(1) Mathilde représente ici, disent les commentateurs,

descendue du ciel pour y conduire le poëte. Plongé dans les eaux du Léthé, il s'endort profondément sous l'arbre de vie ; il goûte avant d'entrer dans le paradis les eaux délicieuses de l'Eunoe (Ευ Voος), où il puise une force surnaturelle pour parcourir les différentes régions du ciel. Après une suite de conversations théologiques avec une longue série de bienheureux et de saints, il arrive en présence du Très-Haut ; il découvre le Père, le Fils, le Saint-Esprit ; cependant il ne peut rendre compte de l'union divine de l'humanité avec la divinité ; car, dit-il, en finissant : « Mon esprit fut enveloppé d'une splendeur divine qui me fit découvrir le grand mystère; mais ici la puissance manqua à mon désir, je ne puis en transmettre aucune notion aux descendans ; je me conformai à la volonté de Dieu, qui

---

la vie active et vertueuse ; et Béatrice, la vie contemplative. D'autres prétendent que Mathilde, l'amie de Grégoire VII, représente la *vive affection* pour l'église.

ne voulait point que mon récit s'enrichît d'une telle description. »

Des trois parties qui composent cette divine trilogie, la première et la seconde (*l'Enfer et le Purgatoire*) sont, à proprement parler, plus historiques; la troisième (*le Paradis*), plus théologique, a été par cela même moins comprise et moins appréciée.

Ce poëme, commencé avant les malheurs du poète, et achevé sur la terre de l'exil, n'est point son seul ouvrage. Nous avons encore de lui la *vita nuova*, des lettres et des sonnets écrits en langue vulgaire et où se retrouve à des degrés différens la haute intelligence de ce génie puissant et original. Il écrivit aussi en latin sur la politique et sur l'éloquence, deux ouvrages qui ont été justement estimés. (*De Monarchiá et de vulgari Eloquentiá*.)

Après une vie orageuse, toujours partagée entre la politique, l'administration, les voyages, les études profondes, ayant refusé de rentrer à Florence, parce qu'il

trouvait les conditions de son retour peu
honorables, le *Dante* mourut à Ravennes,
à l'âge de 51 ans. Mais sa gloire ne périt
pas avec lui. Bientôt sa patrie se repentit
de ses injustes rigueurs ; bientôt l'Italie
entière célébra par un concert unanime de
louanges ce grand homme , dont la figure
colossale apparaît au milieu du moyen âge,
comme l'aurore d'un beau jour après une
longue nuit ; ce poète créateur , dont les
vers sublimes et naturels , pour me servir
encore des expressions d'un savant littérateur, ne s'oublieront jamais , tant que la
langue italienne sera conservée , tant que
la poésie sera chérie dans le monde.

L'INFERNO. – L'ENFER.

CANTO TERZO. — CHANT IIIe.

SOMMAIRE.

Le Dante, accompagné par Virgile, arrive à l'entrée des
enfers. Après avoir lu, non sans effroi, les terribles paroles qui sont gravées au sommet de ce lieu redoutable,
il entre avec son guide. Les premiers damnés qui s'of-
frent à leurs regards sont les ignorans, ceux qui sans
commettre de crimes ne furent pas zélés pour le bien.
Poursuivant leur route, ils arrivent sur les tristes bords de
l'Achéron ; le vieux Nocher, après quelques difficultés,
consent à les transporter sur l'autre rive. Là, le poète
frappé de stupeur à la vue des tourmens des réprouvés,
n'aurait peut-être pas eu la force de continuer, mais
il est saisi par un profond sommeil.

INFERNO.

CANTO III.

Per me si va nella città dolente ;
Per me si va nell' eterno dolore ;
Per me si va tra la perduta gente.

Giustizia (1) mosse il mio alto fattore :
Fecemi la divina Potestate ,
La somma sapienzia, e il primo Amore.

Dinanzi a me non fur (2) cose create ,
Se non eterne , ed io eterno duro :
Lasciate ogni speranza , voi ch'entrate.

Queste parole di colore oscuro
Vid' io scritte al sommo d'una porta :
Perch'io, Maestro, il senso lor m' è duro (3).

Ed egli a me , come persona accorta ;

---

(1) Le poète désigne ici les trois personnes de la sainte trinité par leurs différentes attributions.

(2) *Fur* et *foro* mis poétiquement pour *furono*.

(3) Le sens de cette phrase est : Comment pourrai-je sortir de ce lieu, si tout l'homme qui y entre doit abandonner l'espérance du retour ?

Qui si convien lasciare ogni sospetto :
Ogni viltà convien , che qui sia morta (1).

Noi sem venuti al luogo , ov' i' t'ho detto ,
Che vederai le genti dolorose ,
Ch'hanno perduto il ben dell'intelletto (2).

E poi che la sua mano alla mia pose,
Con lieto volto , ond' i' mi confortai ,
Mi mise dentro alle secrete cose.

Quivi sospiri , pianti ed alti guai
Risonavan per l'aer senza stelle ,
Perch' io al cominciar ne lagrimai.

Diverse lingue (3), orribili favelle (4),
Parole di dolore , accenti d'ira ,
Voci alte e fioche, e suon di man con elle (5),

Facevano un tumulto , il qual s'aggira (6)

---

(1) C'est ainsi que la Sybille exhortait Enée : *Tuque invade viam vagindque eripe ferrum.*

(2) Le bien de l'intelligence , c'est-à-dire Dieu.

(3) *Diverse lingue,* langues de différentes nations.

(4) *Orribili favelle,* discours horribles, tels qu'en produit le désespoir.

(5) Ce passage a été diversement expliqué : les uns ont pensé qu'il était question du bruit des mains se frappant l'une l'autre ; le plus grand nombre, que les damnés se frappaient, dans leurs gémissemens , le visage et la poitrine.

(6) *Aggirarsi,* rouler comme un tourbillon.

Sempre in quell' aria senza tempo tinta (1),
Come la rena, quando il turbo spira.

Ed io, ch' avea d'error la testa cinta (2);
Dissi : Maestro, che è quel ch' i' odo?
E che gente è, che par nel duol si vinta?

Ed egli a me : questo misero modo
Tengon l'anime triste di coloro,
Che visser senza infamia, e senza lodo (3).

Mischiate sono a quel cattivo coro
Degli angeli, che non furon ribelli,
Ne fur fedeli a Dio, ma per se foro (4).

Cacciarli i ciel', per non esser men belli :
Nè lo profondo inferno li riceve,
Ch' alcuna gloria i rei avrebber d'elli:

Ed io : Maestro, che è tanto greve (5)
A lor, che lamentar li fa si forte?
Rispose : dicerolti (6) molto breve.

----

(1) Continuellement obscur, obscur sans interruption.

(2) Ne sachant pas d'où provenait le bruit qui frappait mes
oreilles.

(3) *Lodo*, poét. pour *lode*.

(4) Le poète suppose que dans la lutte entre saint Michel
et Lucifer, il y eut des anges qui restèrent neutres, et c'est
de ceux-là qu'il parle ici.

(5) *Greve*, poét. pour *grave*.

(6) *Dicerolti*, mot vieilli, pour *te lo dirò* ou *dirolti*.

Questi non hanno speranza di morte :
E la lor cieca vita è tanto bassa,
Ch' invidiosi son d'ogni altra (1) sorte.

Fama di loro il mondo esser non lassa :
Misericordia e Giustizia gli sdegna :
Non ragioniam di lor, ma guarda, e passa.

Ed io, che riguardai, vidi una insegna,
Che girando correva (2) tanto ratta,
Che d'ogni posa mi pareva indegna :

E dietro le venia si lunga tratta
Di gente, ch' i' non avrei mai creduto,
Che morte tanta n'avesse disfatta.

Poscia ch'io vebbi alcun riconosciuto,
Guardai, e vidi l'ombra di colui ;
Che fece per viltate il gran rifiuto (3).

---

(1) *Ogni altra sorte.* Parce que, n'imaginant pas de peines plus cruelles que celles qu'ils endurent, ils désirent tout autre sort, même celui des autres damnés.

(2) Supplice opposé à leur faute, leur paresse passée est punie par un mouvement rapide et continuel.

(3) Quelques commentateurs ont cru que le poète parlait ici d'Ésaü; mais le plus grand nombre ont pensé qu'il était question de Pierre de Maironi, qui, après la mort de Nicolas Orfini, ayant été choisi pour occuper la chaire de Saint-Pierre, renonça à la papauté. Il faut observer que le poète se trompa dans cette circonstance, car les motifs de cette abdication étaient de nature à montrer toute la sainteté du pontife.

Incontanente intesi, e certo fui ,
Che quest' era la setta de cattivi
A Dio spiacenti , ed a nemici sui.

Questi sciaurati , che mai non fur vivi ,
Erano ignudi , e stimolati molto
Da mosconi , e da vespe , ch' eran ivi.

Elle rigavan lor di sangue il volto ,
Che mischiato di lagrime a lor piedi
Da fastidiosi vermi era ricolto.

E poi ch'a riguardare oltre (1) mi diedi;
Vidi gente alla riva d'un gran fiume :
Perch' i' dissi : Maestro , or mi concedi ,

Ch' io sappia, quali sono, e qual costume,
Le fa parer di trapassar si pronte ,
Com' io discerno per lo fioco lume.

Ed egli a me : le cose ti fien conte ,
Quando noi fermerem li nostri passi
Su la trista riviera d'Acheronte.

Allor con gli occhi vergognosi e bassi ,
Temendo, ch' el mio dir gli fosse grave (2),
In fino al fiume di parlar mi trassi.

Ed ecco verso noi venir per nave

---

(1). *Oltre*, plus loin, au-delà de ceux dont il vient de
de parler.

(2) *Grave*, craignant de l'ennuyer par mes demandes.

Un vecchio bianco per antico pelo (1)
Gridando, guai a voi, anime prave :

Non isperate mai veder lo (2) cielo :
I' vegno, per menarvi all' altra riva
Nelle tenebre eterne, in caldo, e in gielo (3) :

E tu che se costì, anima viva (4),
Partiti da cotesti, che son morti.
Ma poi ch' e' vide, ch' i' non mi partiva,

Disse : per altre vie, per altri porti
Verrai a piaggia, non qui, per passare :
Più lieve legno convien che ti porti.

E 'l duca (5) a lui : Caron, non ti crucciare :

---

(1) Virgile dit aussi en parlant de Caron : « *Jam senior,
sed cruda deo viridisque senectus.* »

(2) *Lo cielo.* Il est certain qu'à cette époque la langue
italienne n'avait qu'un article masculin, *lo* qui se mettait
devant tous les noms masculins.

(3) Ces deux contraires peignent bien la variété des
supplices.

(4) *Anima viva*, c'est-à-dire âme qui n'est pas morte
dans le péché, et qui ne va pas aux enfers pour la même
cause que les damnés.

(5) On peut voir la parenté étroite qui existe entre le
Français et l'Italien de cette époque. La grammaire com-
parée des langues de l'Europe latine, du savant M. Rey-
nouard, offre une foule d'exemples des rapports qui exis-
tent entre ces deux langues.

Vuolsi cosi colà, dove si puote
Ciò che si vuole; e più non dimandare.

Quinci fur quete le lanose gote
Al nocchier della livida palude,
Ch' intorno agli occhi avea di fiamme ruote.

Ma quell' anime ch' eran lasse e nude,
Cangiar colore, e dibattero i denti,
Ratto ch' inteser le parole crude.

Bestemmiavano Iddio, e i lor parenti,
L'umana specie (1), il luogo, il tempo, e 'l seme
Di lor semenza (2): e di lor nascimenti.

Poi si ritrasser tutte quante insieme,
Forte piangendo, alla riva malvagia,
Ch' attende ciascun uom, che Dio non teme.

Caron dimonio con occhi di bragia,
Loro accennando, tutte le raccoglie:
Batte col remo, qualunque s'adagia.

Come d'autunno si levan le foglie,
L'una appresso dell' altra, infin che 'l ramo
Rende alla terra tutte le sue spoglie,

Similemente il mal seme d'Adamo:

---

(1) Espèce ou genre, dans le langage vulgaire, sont pris
indistinctement l'un pour l'autre.

(2) Métaphore tirée de l'agriculture, qu'il est impos-
sible de traduire littéralement en français.

Gittansi di quel lito ad una ad una
Per cenni, com' augel per suo richiamo (1).

Così s'en vanno su (2) per l'onda bruna,
E avanti che sien di là discese,
Anche di qua nuova schiera s'aduna.

Figliuol mio, disse il Maestro cortese,
Quelli, che muojon nell' ira di Dio
Tutti convegnon quì d'ogni paese :

E pronti sono al trapassar del rio (3),
Che la divina giustizia gli sprona
Sì che la tema (4) si volge in disio.

Quinci non passa mai anima buona :
E però se Caron di te si lagna,
Ben puoi saper omai, che 'l suo dir suona.

Finito questo, la buja campagna
Tremò sì forte, che dello spavento
La mente di sudor ancor mi bagna.

---

(1) Comparaison empruntée à la chasse des oiseaux.

(2) Le mot *su* montre que la barque remontait le fleuve.

(3) *Rio*, poét. pour *rivo*.

(4) *Tema* (crainte), synonyme de *timore*, *pavore*, *spa-vento*, plus usités en prose. La crainte se change en désir ; c'est-à-dire que leur état sur ce rivage est si pénible qu'ils désirent ardemment passer en d'autres lieux.

La terra lagrimosa (1) diede vento,
E balenò una luce (2) vermiglia,
La qual mi vinse ciascun sentimento :
E caddi, come l'uom, cui sonno piglia.

---

(1) *Lagrimosa* signifie ici arrosée de larmes.

(2) Cette lumière est la grâce de Dieu, envoyée pour re-lever les forces du poète épouvanté. Il s'endort d'un som-meil divin.

FIN DU TROISIÈME CHANT.

IL PURGATORIO.

LE PURGATOIRE.

———◦◦◦———

CANTO VENTESIMO OTTAVO.

CHANT VINGT-HUITIÈME.

SOMMAIRE.

Le Poéte, après avoir parcouru les différens cercles du purgatoire, arrive au paradis terrestre. Il se dirige aussitôt vers une antique forêt, où un fleuve l'empêche de continuer son chemin. Ce fleuve, c'est le Léthé. Tandis qu'il s'arrête sur ses bords, pour en contempler les eaux, il aperçoit sur la rive opposée une femme belle et seule qui chante en cueillant des fleurs. Cette femme, que les Commentateurs reconnaissent pour la comtesse Mathilde, rappelle à notre poète, tout nourri de l'antiquité, l'histoire de Proserpine. Il lui adresse aussitôt la parole, et, encouragé par sa douce réponse, il lui demande l'explication de certains doutes qui se sont élevés dans son esprit.

CANTO XXVIII.

Vago già di cercar dentro e d'intorno
La divina foresta spessa e viva ,
Ch' agli occhi temperava il nuovo giorno ,

Senza più aspettar lasciai la (1) riva ,
Prendendo la campagna lento lento
Su per lo suol (2), che d'ogni parte (3) oliva.

Un' aura dolce , senza mutamento (4)
Avere in se , mi feria (5) per la fronte ,
Non di più colpo , che soave vento :

Per cui le fronde tremolando pronte
Tutte quante piegavano alla parte ,
U' (6) la prim' ombra (7) gitta il santo monte;

---

(1) *Lasciai la riva*, il quitte la route où il se trouvait
lorsque Virgile lui avait déclaré qu'il pouvait désormais
se conduire seul.

(2) *Su per lo suol* montre qu'il s'agit d'une montagne
à gravir.

(3) *Olire*, répandre partout une odeur agréable.

(4) *Mutamento*, changement, c'est-à-dire sans être for-
tement agité.

(5) *Feria* , pour *feriva* , me frappait.

(6) *U'*, poétique, pour *ove*, où.

(7) *La prima ombra* , la première ombre , celle du matin ,
inclinée vers l'occident.

Non però del lor' esser dritto (1) sparte
Tanto, che gli augeletti per le cime
Lasciascer d'operare ogni lor arte :

Ma con piena letizia l'ore prime (2)
Cantando riceveano intra le foglie,
Che tenevan bordone (3) alle sue rime,

Tal, qual di ramo in ramo si raccoglie
Per la pineta (4) in sul lito di Chiassi (5),
Quand' Eolo scirocco (6) fuor discioglie (7).

Gia m'avean transportato i lenti passi
Dentro all' antica selva tanto ch' io
Non potea rivedere ond' io m'entrassi :

---

(1) *Sparte*, c'est-à-dire *piegate e agitate*, pliées et
agitées.

(2) *L'ore prime*, les premières heures, l'aurore.

(3) *Tenevan bordone*, les feuilles, légèrement agitées par
le zéphir, accordaient leur doux murmure à la voix harmo-
nieuse des oiseaux, comme une voix de ténor, dit le poëte.

(4) *Pineta*, lieu planté de sapins; ce mot latin a été
conservé en italien. *Gelidi pineta lycœi.* (Ovide, Mét.)

(5) *Chiassi*, petit bourg près de Ravenne, qui fut
détruit pendant le siége de cette ville.

(6) *Scirocco*, vent de pluie qui souffle entre l'orient et
le midi.

(7) *Discioglie*, ce mot marque l'action d'Éole, qui
brise les chaînes qui retiennent les vents dans sa grotte.

Ed ecco più andar mi tolse un rio,
Che 'nver (1) sinistra con sue picciole onde,
Piegava l'erba, che 'n sua ripa uscio (2).

Tutte l'acque, che son di qua più monde,
Parrieno avere in se mistura (3) alcuna
Verso di quella, che nulla nasconde;

Avvegna che si muova bruna bruna (4)
Sotto l'ombra perpetua, che mai
Raggiar non lascia sole (5) ivi, nè luna.

Cò piè ristetti (6), e con gli occhi passai
Di là dal fiumicello per mirare
La gran variazion de freschi mai (7):

---

(1) *Che 'nver*, mis pour *che in verso*, qui vers la gauche.

(2) *Uscio*, poét., pour *usciva*, l'herbe qui était née sur ses bords.

(3) *Mistura.* Le poète nous donne ainsi une grande idée de la pureté des eaux du Léthé, qu'il nommera plus tard.

(4) *Bruna bruna*, l'eau de ce fleuve est très limpide ; cependant elle paraît noire parce que les arbres de la forêt épaisse la couvrent d'une ombre perpétuelle.

(5) *Sole*, le soleil, représente ici, disent les commentateurs, les désirs ardens qui nous séduisent dans la prospérité ; et la lune, les passions qui nous consument dans l'adversité ; ils voient dans ce passage une imitation du Psalmiste : *Per diem, sol non uret te, neque luna per noctem.*

(6) *Cò piè ristetti* (en latin *restiti*), il voulait passer ; mais, ne pouvant franchir le fleuve, il fixa ses regards de l'autre côté. Mot à mot, il passa avec les yeux.

(7) *Mai*, c'est-à-dire la grande variété des arbustes verts et touffus.

E là m'apparve, si com' egli appare
Subitamente cosa, che disvia
Per meraviglia tutt' altro pensare (1),

Una donna (2) soletta, che si gia
Cantando ed iscegliendo fior da fiore,
Ond'era pinta tutta la sua via.

Deh bella donna, ch' a raggi d'amore (3)
Ti scaldi, s'i' vo' credere a' sembianti,
Che soglion' esser testimon del cuore,

Vegnati voglia di trarreti (4) avanti,
Diss' io a lei, verso questa riviera,
Tanto ch' i' possa intender, che tu canti.

---

(1) *Pensare*, pris substantivement, toute autre pensée.

(2) Cette femme était la comtesse Mathilde. Je vais traduire littéralement le commentaire de Cristoforo Landini,
Vénitien (1482), sur ce qui a rapport à cette princesse.
« De Béatrice, fille de l'empereur de Constantinople, et
comtesse du Patrimoine (dit depuis de Saint−Pierre),
naquit Mathilde, femme de mœurs très−honnêtes et de
grand courage et de prudence dans l'administration de
sa seigneurie, et d'une extraordinaire piété. C'est pourquoi
elle donna grand secours au pape Grégoire VII contre
l'empereur. Elle dota beaucoup d'églises, surtout le dôme
de Pise, où elle fut ensevelie, l'an 1060, dans le tom-
beau de Béatrice, sa mère. Elle bâtit grand nombre d'églises,
et enfin laissa sa principauté, qu'aujourd'hui on appelle
le Patrimoine, à l'église de Saint−Pierre de Rome.

(3) *Amore*. Il s'agit ici de l'amour divin.

(4) *Trarreti*, mis pour *trarti*.

Tu mi fai rimembrar dove e qual era
Proserpina (1) nel tempo, che perdette
La madre lei, ed ella primavera.

Come si volge con le piante strette
A terra e intra se, donna che balli,
E piede innanzi piede a pena mette,

Volsesi 'n su vermigli ed in su gialli
Fioretti verso me, non altrimenti,
Che vergine, che gli occhi onesti (2) avvalli:

E fece i prieghi miei esser contenti,
Si appressando se, che 'l dolce (3) suono
Veniva a me co' suoi intendimenti (4).

---

(1) *Proserpina.* Ce passage peut se traduire ainsi mot à mot : *Tu me fais souvenir où et quelle était Proserpine,* c'est-à-dire le pré charmant où elle cueillait des fleurs lorsque Pluton l'enleva et la ravit à sa mère. Ensuite, faisant allusion à ce vers d'Ovide (Mét. 5) *collecti flores tunicis cecidére remissis....* Le poète dit que la jeune fille effrayée laissa tomber les fleurs qu'elle avait cueillies. *Primavera* est pris ici pour les fleurs que produit cette saison.

(2) *Avvallare,* abaisser. Synonymes : *abassare, inchinare.*

(3) *El dolce suono,* le doux son de sa voix.

(4) *Intendimenti.* Ce mot marque qu'il comprenait le sens des paroles de Mathilde.

Tosto che fu, là dove l'erbe sono
Bagnate già dall' onde del bel fiume,
Di levar gli occhi suoi mi fece dono.

Non credo che splendesse tanto lume
Sotto le ciglia a Venere trafitta
Dal figlio, fuor di tutto (1) suo costume.

Ella ridea dall' altra riva dritta,
Traendo più color (2) con le sue mani,
Che l'alta terra senza seme gitta (3).

Tre passi ci facea 'l fiume lontani:
Ma Ellesponto (4), là 've passo Xerse,
Ancora freno a tutti orgogli umani,

---

(1) *Fuor tutto suo costume* peut s'appliquer à Cupidon, qui par hasard blessa sa mère de ses flèches. Ce vers d'Ovide (Mét. 4.), semble justifier ce sens : *Namque pharetratus dùm dat puer oscula matri* inscius *exstanti distrinxit arundine pectus.*

(2) *Colori*, mis pour fleurs.

(3) *Gitta*, mis pour *germoglia*, produit.

(4) *Ellesponto*. L'exemple de Xerxès, forcé de repasser l'Hellespont sur une petite barque, après l'avoir peu auparavant traversé avec 700,000 combattans, devrait, dit le poète, servir de frein à tous les hommes, et les empêcher d'être orgueilleux.

Più odio da Leandro (1) non sofferse,
Per mareggiare intra Sesto e Abido,
Che quel da me, perchè allor non (2) s'aperse.

Voi siete nuovi (3) : e forse perch' io rido,
Cominciò ella, in questo luogo eletto
All' umana natura per suo nido (4),

Maravigliando tienvi alcun sospetto :
Ma luce rende il salmo (5) *Delectasti*,
Che puote disnebbiar vostro intelletto.

---

(1) Léandre, jeune homme d'Abydos, qui traversait
chaque nuit l'Hellespont à la nage, pour aller voir à Sestos,
Héro, son amante, qui était prêtresse de Vénus.

(2) *Non s'aperse.* Dante aurait voulu que le fleuve, se re-
tirant, lui ouvrît un passage pour s'approcher de Mathilde.

(3) *Nuovi*, nouveaux, arrivés depuis peu. Stace et Virgile suivaient le poète.

(4) *Nido.* Le paradis terrestre fut la première demeure
d'Adam et d'Ève.

(5) *Il salmo Delectasti.* Voici le sens de ce vers et de
celui qui précède : Vous êtes étonnés, dit Mathilde aux
trois voyageurs; vous croyez peut-être que je me moque
de vous, parce que je ris (*perch' io rido*) ; mais le psaume
de DAVID, qui commence par ce mot *Delectasti*, vous
montrera que je ris parce que j'éprouve le bonheur de
l'état d'innocence qui règne en ce lieu.

E tu (1) che se' dinanzi, e mi pregasti,
Di s'altro vuoi udir : ch' io venni (2) presta
Ad ogni tua question, tanto che (3) basti.

L'acqua (4) diss' io, e 'l suon della foresta
Impugnan dentro a me novella fede
Di cosa, ch' io udi' contraria a questa.

Ond' ella : io dicerò come procede
Per sua cagion, ciò ch' ammirar ti face,
E purgherò la nebbia, che ti fiede.

Lo sommo ben, che solo esso (5) a se piace,
Fece l'uom buono a bene, e questo loco
Diede per arra a lui d'eterna pace.

---

(1) *E tu, che se' dinanzi.* Ceci s'adresse seulement au Dante.

(2) *Presta*, préparée, disposée. Syn.: *pronta, disposta.*

(3) *Tanto che basti.* Mot à mot, autant qu'il suffit. Elle veut montrer par là qu'il est des bornes où il faut s'arrêter, d'après ces mots de l'apôtre : *Nolite sapere plusquàm oporteat.*

(4) *L'acqua.* Stace, dans le chant XXI du purgatoire, avait dit au Dante, que ni les vents ni la pluie ne se faisaient jamais sentir au-delà du troisième cercle du purgatoire. Or maintenant, le bruit de la forêt agitée, la vue d'un fleuve, lui font concevoir des doutes qu'il expose à Mathilde.

(5) *Che solo esso a se piace*, qui lui-même suffit à son bonheur.

Per sua diffalta (1) qui dimorò poco :
Per sua diffalta in pianto, ed in affanno,
Cambiò onesto riso (2) e dolce giuoco.

Perchè 'l turbar, che sotto da se fanno
L'esalazion dell' acqua e della terra,
Che quanto posson dietro al calor (3) vanno,

All' uomo non facesse alcuna guerra;
Questo monte salio ver lo ciel tanto,
E libero (4) e da indi, ove si serra.

Or perchè in circuito tutto quanto
L'aer si volge, con la prima volta (5),
Se non gli è rotto 'l cerchio d'alcun canto :

---

(1) *Diffalta.* Syn. : *colpa mancanza*, faute.

(2) *Cambiò onesto riso e dolce giuoco.* Mot à mot, *il changea honnéte rire et doux jeux*, c'est-à-dire l'état heureux et la douce joie du paradis terrestre, berceau du genre humain (*suo nido*).

(3) *Vanno dietro al calor*, se dirigent vers la chaleur (du soleil.)

(4) *Libero*, c'est-à-dire imperturbable, à l'abri des vents.

(5) *La prima volta*, c'est-à-dire le premier mobile, le soleil, qui fait sa révolution autour de la terre, selon le système de Ptolémée. Il est curieux de voir, dans le commentaire de Landini, comme ce passage résume toute la science du temps sur l'astronomie.

2.

In questa altezza , che tutta è disciolta
Nell' aer vivo (1), tal moto (2) percuote,
E fa sonar (3) la selva, perch' è folta :

E la percossa pianta (4) tanto puote ,
Che della sua virtute l'aura impregna ,
E quella (5) poi girando intorno scuote :

E l'altra terra (6), secondo ch' è degna
Per se , o per suo ciel (7), concepe e figlia (8)
Di diverse virtù diverse legna (9).

Non parrebbe di là (10) poi maraviglia ,
Udito questo , quando alcuna pianta
Senza seme palese vi s'appiglia.

---

(1) *Nell' aer vivo*, dans l'air pur , débarrassé des va-
péurs.

(2) *Tal moto*, le mouvement du premier mobile.

(3) *Sonare*, retentir.

(4) *E la percossa pianta*, et l'arbre agité par le mouvement du premier mobile. (Il s'agit de l'arbre de vie.)

(5) *E quella* , sous-entendu *l'aura*.

(6) *L'altra terra*, l'autre terre, c'est-à-dire la terre
des mortels.

(7) *Per suo ciel*, par l'influence des astres qui sont
placés au-dessus.

(8) *Figliare* , produire.

(9) *Legna*, mis pour *alberi*, arbre.

(10) *Di là* , sur notre hémisphère.

E saper dei, che la campagna (1) santa,
Ove tu se' d'ogni semenza è piena,
E frutto ha in se (2), che di là non si schianta.

L'acqua, che vedi (3), non surge di vena,
Che ristori vapor, che giel converta,
Come fiume, ch' acquista, o perde lena:

Ma esce di fontana salda e certa,
Che tanto del voler di Dio riprende,
Quant 'ella versa da duo parti aperta.

Da questa parte con virtù discende,
Che toglie altrui memoria del peccato:
Dall' altra, d'ogni ben fatto la rende.

Quinci Lete, cosi d'all' altro lato
Eünoè si chiama: e non adopra (4),
Se quinci e quindi pria non è gustato.

---

(1) *La campagna santa*, signifie le paradis terrestre.

(2) *Frutto ha in se*, renferme un fruit bien plus précieux que tous ceux que l'on recueille sur votre misérable terre.

(3) Mathilde, après avoir expliqué la cause du vent qui n'est pas produit, comme sur notre terre, par les vapeurs sèches et chaudes, assigne la cause des eaux. Elles ne sont point produites par les pluies, mais par la volonté de Dieu.

(4) Il faut goûter des ondes du Léthé et de l'Eunoé, pour entrer dans le paradis.

A tutt' altri sapori esto (1) è di sopra :
E avvegna ch' assai possa esser sazia
La sete tua (2), perche più non ti scuopra,

Darotti un corollario ancor per grazia (3),
Ne credo, che 'l mio dir ti sia men caro,
Se oltre promission teco si spazia.

Quelli, ch' anticamente poetaro (4)
L'età dell' oro, e suo stato felice,
Forse in Parnaso esto loco sognaro (5).

Qui fu innocente l'umana radice :
Qui primavera (6) sempre, ed ogni frutto :
Nettare è questo, di che ciascun dice.

---

(1) *Esto*, poétique, pour *questo*.

(2) *La sete tua*, ta soif, c'est-à-dire la soif de connaître.

(3) *Per grazia*, par grâce, c'est-à-dire je veux bien te donner encore.

(4) *Poetare*, faire le poète, c'est-à-dire faire des vers.

(5) *Sognare*, rêver. Les poètes aperçurent, comme dans un rêve, les beautés de ce lieu de délices, mais sans en pénétrer toute la grandeur.

(6) *Qui primavera sempre*, ici règne un éternel printemps.

Io mi rivolsi addietro allora tutto
A' mie' poeti, e vidi, che con riso
Udito avevan l'ultimo costrutto (1) :

Poi alla bella donna tornai 'l viso.

---

(1) *Costrutto*, conclusion du raisonnement.

FIN DU VINGT-HUITIÈME CHANT DU PURGATOIRE.

IL PARADISO.

LE PARADIS.

———◦◦◦◦———

CANTO DECIMO SETTIMO.

CHANT DIX-SEPTIÈME.

SOMMAIRE.

Arrivé au cinquième ciel, qui est celui de Mars, le poète
voit les âmes de tous ceux qui ont combattu pour la
foi; parmi elles se trouve celle de Cacciaguida, son tri-
saïeul, qui mourut dans les guerres de Conrad III contre
les mahométans. Après avoir parlé de sa famille et de
cette Florence, jadis si florissante et si belle, Cacciaguida, et c'est là le sujet du dix-septième chant, prédit
au Dante et son exil et les malheurs qui l'attendent. Il
l'exhorte aussi à écrire ce qu'il a vu dans son voyage,
sans se mettre en peine des inimitiés et des haines que
lui occasionneront tant de révélations si extraordinaires.

PARADISO.

CANTO XVII.

Qual venne (1) a Climene per accertarsi
Di ciò, ch' aveva incontro a se udito,
Quei, ch' ancor fa li padri a figli (2) scarsi,

Tale era io, e tale era sentito,
E da Beatrice, e dalla santa lampa (3)
Che pria per me avea mutato sito.

Perchè mia donna : manda fuor (4) la vampa
Del tuo disio, mi disse, sì ch' ell' esca
Segnata bene della 'nterna stampa :

---

(1) *Qual venne*, c'est-à-dire de même que Phaéton
alla vers sa mère Clymène pour s'assurer s'il était véri-
tablement fils du soleil : ainsi le Dante avait le désir de
demander à Cacciaguida si tout ce qu'on lui avait an-
noncé dans l'enfer et dans le purgatoire sur son futur
exil devait se réaliser.

(2) *Li padri a figli scarsi*. L'exemple de Phébus,
accordant au téméraire Phaéton de conduire son char, et
occasionnant ainsi sa mort, rend les pères plus prudens
et moins disposés à satisfaire les caprices de leurs enfans.

(3) *La santa lampa* représente Cacciaguida, qui était
resplendissant de lumière.

(4) *La vampa del tuo disio*, l'ardeur de ton désir.

Non perche nostra conoscenza cresca
Per tuo parlare, ma per che t'ausi (1)
A dir la sete, si che l'uom ti mesca (2).

O cara pianta mia (3), che sì t'insusi (4),
Che, come veggion le terrene menti
Non capere in triangolo du' ottusi,

Cosi vedi le cose contingenti
Anzi che sieno in se, mirando 'l punto (5),
A cui tutti li tempi son presenti :

Mentre ch' i' era a Virgilio congiunto
Su per lo monte (6) che l'anime cura,
E discendendo nel mondo (7) defunto,

---

(1) *Ma per che t'ausi*, mais pour que tu t'habitues. *Ausi*
mis pour *avezzi*.

(2) *Ti mesca*, te désaltère.

(3) *O cara pianta mia*, c'est-à-dire : ô mon cher Cacciaguida.

(4) *Insusarsi*, s'élever en haut. Il est facile à Cacciaguida de répondre aux questions du Dante, puisqu'il
voit Dieu et qu'il connaît les choses contingentes (qui
peuvent être ou ne pas être) tout aussi clairement que
nous, mortels, nous voyons sans démonstration qu'un
triangle ne peut contenir deux angles obtus.

(5) *El punto*, c'est-à-dire Dieu.

(6) *Lo monte*, le purgatoire.

(7) *Nel mondo*, l'enfer.

Dette mi fur di mia vita futura
Parole gravi (1) ; avvegna ch' io mi senta
Ben tetragono (2) ai colpi di ventura.

Perche la voglia mia saria (3) contenta
D'intender qual fortuna mi s'appressa ;
Che saetta previsa vien più lenta.

Cosi diss' io a quella luce stessa ,
Che pria m'avea parlato , e come volle
Beatrice , fu la mia voglia confessa (4).

Nè per ambage (5) , in che la gente folle
Già s'invescava (6) pria che fosse anciso (7)
L'agnel di Dio , che le peccata tolle :

---

(1) *Gravi*, c'est-à-dire les malheurs qui lui avaient
été annoncés dans l'enfer par Farinata et par Ser Bru-
netto ; et dans le purgatoire par Currado Malaspina et par
Oderisi.

(2) *Ben tetragono*, bien ferme et bien solide.—*Tétra-
gone*, qui a quatre angles et quatre côtés.

(3) *Saria*, poét., pour *sarebbe*.

(4) *Confessa* c'est-à-dire *manifestata*, mis au grand jour.

(5) *Ambage*. Syn. : *circuizione*, *involuzione di parole*,
c'est-à-dire, non par des paroles ambiguës et énigmatiques
comme dans les anciens oracles.

(6) *S'invescare*. Mot à mot, s'engluer.

(7) *Anciso* pour *ucciso*. Il s'agit ici de la mort du
Christ.

Ma per chiare parole , e con preciso
Latin (1) rispose quell' amor paterno (2) ,
Chiuso (3) e parvente del suo proprio riso :

La contingenza (4) , che fuor del quaderno
Della vostra materia non si stende ,
Tutta e dipinta nel cospetto eterno.

Necessità però (5) quindi non prende
Se non come dal viso , in che si specchia
Nave , che per corrente giù discende.

---

(1) *Con. preciso latin* signifie parler d'une manière
claire.

(2) *Quell' amor paterno* , c'est−à−dire ce bon père qui
m'aimait , etc.

(3) *Chiuso e parvente* , il était entouré de splendeur ,
et son bonheur apparaissait au dehors.

(4) *La contingenza* , les choses qui doivent arriver, et
qui, ignorées des hommes , ne sont connues que de Dieu
et de ceux qui jouissent de sa présence.

(5) *Necessità però.* Ce passage obscur a été diversement
expliqué par les commentateurs. Voici, d'après le plus
grand nombre, quelle a été la pensée du Dante. « Dieu
connaît ce qui doit arriver, mais il ne s'en suit pas pour
cela que ces choses doivent arriver nécessairement. Pour
le prouver, il a recours à cette comparaison : Un vais−
seau entraîné par un courant rapide se brise contre un
écueil ; nous l'avons suivi des yeux ; cependant nous ne
sommes pour rien dans la cause qui l'a poussé contre cet
écueil.

Da indi (1), si come viene ad orecchia
Dolce armonia da organo, mi viene
A vista 'l tempo, che ti s'apparecchia,

Qual si parti Ipolito d'Atene
Per la spietata e perfida noverca,
Tal di Fiorenza partir ti conviene (2)

Questo si vuole, e questo già si cerca (3);
E tosto verrà fatto a chi ciò pensa
Là (4), dove Cristo tutto di si merca.

---

(1) *Da indi*, c'est-à-dire lisant dans la pensée de l'É-
ternel, je vois les malheurs qui se préparent à fondre
sur toi.

(2) *Tal di Fiorenza*, il te faudra, à l'exemple d'Hyp-
polyte, sortir de Florence devenue pour toi une marâtre.

(3) *E questo già si cerca.* J'ai deja dit que les Guelfes
vainqueurs s'étaient divisés en deux partis (les Blancs et
les Noirs). Ici le poète fait allusion au traité secret des
Noirs avec le pape Boniface, par lequel le pontife devait
envoyer à Florence Charles de Valois, frère du roi de
France, sous le prétexte de rétablir l'ordre dans cette
ville, mais en réalité pour chasser les Blancs. Ce fut en
cette circonstance que, désigné comme Blanc par les
Noirs, le Dante eut sa maison pillée, et fut condamné
au bannissement et au feu, s'il était pris.

(4) *Là*, c'est-à-dire à Rome, où le poète, ennemi de
Boniface, fait dire à son bienheureux parent que chaque
jour on vend les choses saintes.

La colpa (1) seguirà la parte offensa
In grido, come suol : ma la vendetta (2)
Fia testimonio al ver, che la dispensa (3).

Tu lascerai ogni cosa diletta
Più caramente : e questa è quello strale,
Che l'arco dell' esilio pria saetta.

Tu proverrai si come sa di sale (4)
Lo pane altrui, e com' è duro calle
Lo scendere, e'l salir per l'altrui scale.

E quel, che più ti graverà le spalle,
Sarà la compagnia malvagia e scempia,
Con la qual tu cadrai in questa (5) valle :

---

(1) *La colpa seguirà*, c'est-à-dire on dira que c'est
le parti des Noirs qui a eu tort, et que tu as mérité ton
malheur, parce que toujours on se plaît à accabler les
vaincus.

(2) *Ma la vendetta*, mais ensuite la vengeance de
Dieu, qui punira les vrais coupables, rendra hommage à
la vérité.

(3) *Che la dispensa*, c'est la vérité qui est la dispen-
satrice et l'exécutrice de la vengeance divine. Allusion
aux duels judiciaires dans lesquels on croyait que toujours le coupable devait succomber.

(4) *Sa*, du verbe *sapere*, mis pour *ha sapore di sale*,
un goût amer et désagréable.

(5) *In questa valle*, dans cette vallée, c'est-à-dire sur
la terre.

Che tutta ingrata , tutta matta ed empia
Si farà contra te : ma poco appresso
Ella , non tu , n'avrà rossa la tempia.

Di sua bestialitate il suo processo
Farà la pruova , si ch' a te fia bello
Averti fatta parte per te stesso (1).

Lo primo tuo rifugio , e 'l primo ostello
Sarà la cortesia del gran (2) Lombardo
Che 'n su la scala (3) porta il santo uccello :

Ch' avrà in te si benigno riguardo ,
Che del fare e del chieder , tra voi due ,
Fia prima quel , che tra gli altri è più tardo (4).

---

(1) *Per te stesso.* Dans les neuf vers qui précèdent ,
il est question de ceux qui partagèrent l'exil du Dante.
La bassesse des moyens qu'ils mirent en œuvre pour
rentrer à Florence , indignèrent le poète , qui finit par
quitter tous les partis pour se livrer à l'étude.

(2) *Del Gran Lombardo , Alboino della Scala ,* sei-
gneur de Vérone.

(3) *Che in su la scala.* Les armes de ce prince étaient
une échelle d'or , surmontée d'un aigle noir , que le
poète , dans son respect pour l'empire , nomme le saint
oiseau.

(4) *Fia prima quel ,* c'est-à-dire il te comblera de
bienfaits , avant même que tu ne lui aies adressé tes demandes ; ce qui est bien rare.

Con lui vedrai (1) colui, che impresso fue
Nascendo sì da questa stella forte,
Che notabili sien l'opere sue.

Non se ne sono ancor le genti accorte
Per la novella età, che pur nove anni
Son queste ruote (2) intorno di lui torte.

Ma pria che'l Guasco (3) l'alto Arrigo inganni,
Parran faville della sua virtute,
In non curar d'argento (4), nè d'affanni.

Le sue magnificenze conosciute
Saranno ancora sì, che i suoi nimici
Non ne potran tener le lingue mute.

---

(1) *Con lui vedrai.* Le poète parle ici de *Cane della Scala*, jeune frère d'Alboino, dont il prédit les hautes destinées.

(2) *Son queste ruote.* Ce passage a été expliqué de différentes manières; d'après le mot à mot, il s'agirait de la révolution de Mars (appelé par le poète *stella forte*), et le jeune homme aurait alors environ 18 ans. Mais l'histoire des Scaligeri prouve qu'au moment où le Dante écrivait, le jeune Cane n'avait que 9 ans, ce qui porterait à croire qu'il s'agit ici de 9 années solaires.

(3) *Ma pria che 'l Guasco,* avant que le pape Clément V, de Gascogne, ne trompe l'empereur Henri VII.

(4) *Non curar d'argento,* désintéressement, générosité. *Nè d'affanni,* bravoure, intrépidité.

A lui t'aspetta , ed a suoi benefici :
Per lui sia trasmutata molta gente ,
Cambiando condizion ricchi e mendici :

E porterane (1) scritto nella mente
Di lui , ma nol dirai (2) ; e disse cose
Incredibili (3) a quei , che sia presente.

Poi giunse : figlio , queste son le chiose
Di quel , che ti fu (4) detto : ecco le 'nsidie ;
Che dietro a pochi giri (5) son nascose.

Non vo' però , ch' a' tuo' (6) vicini invidie ,
Poscia che s'infutura la tua vita,
Via più là , che 'l punir di lor perfidie.

---

(1) *E porterane*, mis pour *E tu ne porterai.*

(2) *Ma nol dirai.* Le poëte se fait défendre de révéler les exploits futurs du jeune héros.

(3) *Incredibili*, des choses incroyables , non-seulement pour la postérité qui les lira ou les entendra raconter, mais même pour les contemporains qui les verront.

(4) *Di quel che ti fu detto.* Mot à mot, de ce qui t'a été dit dans l'enfer et dans le purgatoire.

(5) *Giri*, tours , mis pour années.

(6) *Vicini invidie.* Cacciaguida ne veut pas que son petit-fils porte envie à ses concitoyens ; car sa vie doit se prolonger assez (*s'infutura*) pour qu'il soit le témoin de la punition de leur perfidie.

3

Poi che tacendo si mostrò spedita (1,)
L'anima santa di metter la trama
In quella tela, ch' io le porsi ordita,

Io comminciai, come colui che brama,
Dubitando, consiglio da persona,
Che vede, e vuol (2) dirittamente, ed ama:

Ben veggio, padre mio, si come sprona
Lo tempo verso me per colpo darmi
Tal, ch' è più grave a chi più (3) s'abbandona:

Perche di provedenza è buon, ch' io m'armi,
Si che se luogo (4) m' è tolto più caro,
Io non perdessi gli altri (5) per miei carmi.

---

(1) *L'anima santa si mostrò spedita.* Syn. : *libera*,
c'est-à-dire l'âme sainte eut fini de répondre à ma question.

(2) *Dirittamente.* Non-seulement Cacciaguida voit l'a-
venir (*vede*), mais il veut bien le divulguer ; c'est là le
sens de *vuol dirittamente* ; et de plus il aime le Dante
(*ed ama*).

(3) *S'abbandona*, c'est-à-dire se laisse attérer par la
doulcur et s'abandonne au déserpoir.

(4) *Luogo*, ce lieu, le plus cher de tous, c'est la
patrie.

(5) *Per miei carmi*, je dois faire en sorte que mes
vers ne soient pas cause que je sois repoussé partout où
je me présenterai.

Giù per lo Mondo senza fine amaro (1),
E per lo (2) Monte, del cui bel cacume
Gli occhi (3) della mia donna mi levaro,

E poscia per lo ciel di lume (4) in lume,
Ho io appreso quel, che s'io ridico,
A molti sia savor di forte agrume (5):

E s'io al vero son timido amico,
Temo di perder vita (6) tra coloro (7),
Che questo tempo chiameranno antico.

La luce (8), in che rideva il mio tesoro,
Ch'io trovai lì, si fè prima corrusca
Quale a raggio di sole specchio d'oro:

_____

(1) *Lo Mondo amaro senza fine*, c'est-à-dire l'enfer.

(2) *Per lo Monte*, c'est-à-dire le purgatoire.

(3) *Gli occhi*, allusion au moyen que Beatrice (*mia donna*) employa pour faire monter le Dante au ciel.

(4) *Di lume in lume*, de ciel en ciel.

(5) *Di forte agrume*, odeur forte et désagréable d'herbes sauvages.

(6) *Vita*, c'est-à-dire la renommée.

(7) *Tra coloro*, je crains d'être sans nom parmi nos descendans, ceux qui, venant long-temps après nous, appelleront *ancien* le temps où nous vivons.

(8) *La luce*, il s'agit ici de Cacciaguida.

Indi rispose : coscienza fusca,
O della propria o dell' altrui (1) vergogna,
Pur sentirà la tua parola brusca (2).

Ma nondimen, rimossa ogni menzogna,
Tutta tua vision fa manifesta,
E lascia pur grattar dov' è la rogna (3),

Che se la voce tua sarà molesta
Nel primo gusto, vital nutrimento
Lascerà poi, quando sarà digesta.

Questo tuo grido farà come vento,
Che le più alte cime più percuote :
E ciò non fa d'onor poco argomento.

Però ti son mostrate in queste ruote,
Nel monte, e nella valle dolorosa
Pur l'anime, che son di fama note :

---

(1) *Dell' altrui vergogna*, de la honte d'autrui, c'est-
à-dire de quelque membre de leur famille.

(2) *Brusca*, c'est-à-dire *severa*, *aspera*, brusque,
dure.

(3) *Dov è la rogna*, proverbe trivial. Molière dit dans
l'avare :

Qui se sent morveux, qu'il se mouche.

Et il faut se souvenir que le Dante appelait son ouvrage
une comédie.

Che l'animo di quel, ch' ode (1), non posa,
Nè ferma (2) fede per esemplo, ch' haja (3)
La sua radice incognita e nascosa,

Nè per altro argomento, che non (4) paja.

———————————

(1) *Ode*, poétique, pour *ascolta*.

(2) *Fermare fede per esemplo*, avoir foi dans un exemple.

(3) *Haja*, poétique, pour *abbia*.

(4) *Paja de parere*, paraître, avoir des dehors brillans.

FIN DU DIX-SEPTIÈME CHANT.

DIVINE COMÉDIE DU DANTE,

TRADUCTION INTERLINÉAIRE

DU TROISIÈME CHANT DE L'ENFER.

INFERNO DI DANTE.

ENFER DU DANTE.

CANTO TERZO.

CHANT TROISIÈME.

Per me si va nella città dolente;
Par moi on va dans la cité dolente ;
Per me si va nel dolore eterno ;
Par moi on va dans la douleur éternelle ;
Per me si va tra la gente perduta.
Par moi on va parmi la gent perdue.

Giustizia mosse il mio fattore alto ,
La justice poussa le mien facteur élevé (puissant) ,
La divina potestate , la somma
La divine puissance , la suprême
Sapienza, e il primo amore mi fece.
Sagesse , et le premier amour me fit.

Cose , se non eterne , non furono create
Choses , si non éternelles , ne furent créées
Dinanzi a me , ed io duro eterno (adv.)
Avant à moi, et moi je dure éternellement.
Voi che entrate, lasciate ogni speranza.
Vous qui entrez , laissez toute espérance.

3.

Io vidi queste parole, scritte   di
Je vis ces paroles, écrites   de

Colore   oscuro,   al sommo di una porta;
Couleur obscure, au sommet d'une porte;

    Perche   io (dissi) Maestro, il loro senso mi è duro.
(C'est) pourquoi je (dis) Maître, le leur sens me est dur.

    E egli (disse) a me, come   persona accorta:
Et il (dit) à moi, comme personne avisée:

Ogni sospetto si convien lasciare qui,
Tout soupçon se convient laisser ici,

Conviene   che qui ogni   viltà   sia morta.
Il convient que ici toute lâcheté soit morte.

    Noi   siamo   venuti al luogo ove io ti ho detto
Nous sommes venus au lieu où je t' ai dit

Che   vederai le genti   dolorose
Que tu verras les gens douloureuses

Che hanno perduto il bene dello intelletto.
Qui ont   perdu le bien de l'intelligence.

    E   poi che egli pose la sua   mano alla
Et après qu' il posa la sienne main à la

Mia   (mano), con volto lieto, onde   io
Mienne (main), avec visage gai, duquel je

Mi confortai, egli mi mise dentro alle cose secrete.
Me fortifiai, il me mit dedans aux choses secrètes.

    Quivi sospiri, pianti, e   guai   alti
Là   soupirs, pleurs, et gémissemens élevés

Risonavano per   lo aere senza stelle;   perche
Résonaient à travers l' air sans étoiles; c'est pourquoi

Al   comminciare,   io   ne lagrimai.
Au commencement, moi je en pleurai.

    Lingue   diverse, favelle orribili,
Langues diverses, propos horribles,

Parole di dolore , accenti di ira
Paroles de douleur , accents de colère

Voci alte e fioche , e con esse suono di mani ,
Voix hautes et enrouées , et avec elles (un) bruit de mains ,

  Facevano un tumulto , il quale si aggira
  Faisaient un tumulte , le quel se retourne

Sempre in quella aria tinta senza tempo ,
Toujours dans cet air teint sans temps ,

Come la rena quando il turbo spira.
Comme la poussière quand le tourbillon souffle.

  Ed io che aveva la testa cinta di errore ,
  Et moi qui avais la tête ceinte d' erreur ,

Dissi : Maestro , che è quello che io odo ?
Je dis : Maître , quoi est ce que je entends ?

E che gente è (quella) che pare si vinta nel
Et quelle gent est (celle-là) qui paraît si vaincue dans la

    duolo.
    douleur.

  E egli (disse) a me : le anime triste di coloro
  Et il (dit) à moi : les âmes tristes de ceux

Che vissero senza infamia e senza lodo
Qui vécurent sans infamie et sans louange

Tengono questo modo misero.
Tiennent (ont pour partage) cette manière d'être misérable.

  Sono mischiate a quel coro cattivo degli
  Elles sont mélées à ce chœur mauvais des

Angeli che non furono ribelli ,
Anges qui ne furent (pas) rebelles ,

Nè (1) furono fideli à Dio , ma furono per se.
Et non furent fidèles à Dieu , mais furent pour eux-mêmes.

---

(1) *Nè* a la signification du *nec* des Latins (et non).

I cieli li cacciarono per non essere meno
Les cieux les chassèrent pour ne pas être moins
Belli, nè il profondo inferno li riceve,
Beaux et non le profond enfer les reçoit,
Chè i rei avrebbero di elli alcuna gloria.
Car les coupables (démons) auraient d'eux quelque gloire.

E io dissi: Maestro, che (cosa) e tanto greve
Et moi je dis : Maître, quelle (chose) est tant pénible
A loro che li fa lamentare si forte?
A eux qui les fait lamenter si fort ?
Rispose: io te lo dicero molto breve.
Il répondit : je te le dirai bien bref.

Questi non hanno speranza di morte;
Ceux-ci n' ont pas espérance de mort;
E la loro vita cieca è tanto bassa
Et la leur vie aveugle est si basse
Che sono invidiosi di ogni altra sorte.
Qu'ils sont envieux de tout autre sort.

Il mondo non lassa essere fama di loro,
Le monde ne laisse pas être renommée d'eux,
Misericordia e giustizia gli sdegna:
La miséricorde et la justice les dédaigne:
Non ragioniam di loro, ma guarda e passa.
Ne raisonnons pas d'eux, mais regarde et passe.

E io che riguardai, vidi una insegna
Et moi qui regardai, je vis un enseigne
Che girando correva tanto ratta
Qui (en) tournant courait tant rapide
Che mi pareva indegna di ogni posa.
Que il me paraissait incapable de toute pause.

E si lunga tratta di gente le venia dietro,
Et si longue trainée de gent lui venait derrière,

Che io non avrei mai creduto che
Que moi je ne aurais jamais cru que
Morte ne avesse disfatta tanta.
La mort en eut défait autant.

Poscia che io vi ebbi riconosciuto alcuno,
Après que je y eus reconnu quelqu'un,
Guardai, e vidi la ombra di colui
Je regardai, et je vis l' ombre de celui
Che fece per viltate il gran rifinto.
Qui fit par lâcheté le grand refus.

Incontanente intesi e fui certo che
Incontinent je compris et je fus certain que
Questa (setta) era la setta dei cattivi,
Cette (secte) était la secte des méchans,
Spacienti a Dio ed ai suoi nemici.
Déplaisans à Dieu et à ses ennemis.

Questi sciaurati che non furono mai vivi,
Ces malheureux qui ne furent jamais vivans,
Erano ignudi e molto stimolati
Étaient nus et beaucoup stimulés
Da mosconi e da vespe che erano ivi.
Par (de) grosses mouches et par (des) guêpes qui étaient là.

Elle rigavano il loro volto di sangue,
Elles sillonnaient leur visage de sang,
Che, mischiato di lagrime, era ricolto
Qui, mêlé de larmes, était recueilli
Ai loro piedi da vermi fastidiosi.
A leurs pieds par (des) vers fastidieux.

E poi che io mi diedi a riguardare
Et après que je me donnai à regarder
Oltre, vidi genti alla riva di un gran
Outre, je vis (des) gens à la rive d' un grand

Fiume;   perche   io dissi : Maestro,   ora,
Fleuve; (c'est) pourquoi je dis : Maître, maintenant,
  concedi mi
  accorde—moi

Che io sappia quali   sono,   e quale costume
Que je sache quels ils sont, et quelle coutume
Le   fa   parere si pronte   di trapassare,
Les fait paraître si promptes de traverser,
Come io discerno   per   lo lume   fioco.
Comme je discerne à travers la lumière troublée.

E egli disse a me : le cose ti fien   conte
Et il dit à moi : les choses te seront contées;
Quando noi fermeremo i nostri passi
Quand nous arréterons nos   pas
Su la riviera trista di Acheronte.
Sur la rivière triste d' Achéron.

Allora con gli occhi vergognosi e bassi,
Alors avec les yeux honteux et baissés,
Temendo che il mio dire gli fosse grave,
Craignant que mon parler lui fût pénible,
Io mi trassi di parlare infino al fiume.
Je m' écartai de parler jusqu' au fleuve.

Ed ecco   venire verso noi   per   nave
Et voici venir vers nous par le moyen de vaisseau.
Un vecchio bianco per pelo   antico,
Un vieillard blanc par poil   antique,
Gridando : guai a voi, anime prave :
Criant : gare à vous, âmes perverses :

Non isperate vedere mai lo cielo,
N' espérez pas voir jamais le ciel,
Io vegno per vi   menare alla altra riva,
Je viens pour vous mener à l' autre rive,

Nelle   tenebre   eterne , in caldo e in gelo.
Dans les ténèbres éternelles , en chaud et en gelée. .

E tu anima viva che sei costì ,
Et toi , âme vivante qui es ici ,

Partiti   da   cotesti che sono morte. Ma
Pars toi d'avec ceux-ci qui sont morts. Mais

Poi   che egli vide che io non mi   partiva ,
Après , qu' il vit que je ne m'en allais pas ,

Disse : per altre   vie , per altri   porti
Il dit : par autres voies , par autres ports

Tu verrai a piaggia per passare , e non quì ;
Tu viendras à la plage pour passer , et non ici ;

Convien   che legno più lieve ti porti.
Il convient que bois plus léger te porte.

E il duca disse a lui : Carone, non ti   crucciare ;
Et le guide dit à lui : Caron , ne te tourmente pas ;

Si vuole così colà dove si puote
On veut ainsi là   où   on peut

Cio che si vuole , e non dimandare più.
Ce que on veut , et ne demande pas plus.

Quinci le gote   lanose furono quete
Dès lors les joues barbues furent tranquilles

Al nocchiere della palude livida , che avea
Au nocher du marais livide , qui avait

Ruote di fiamme   intorno   agli occhi.
Roues de flammes à l'entour aux yeux.

Ma   quelle anime che erano lasse e nude
Mais   ces   âmes qui étaient lasses et nues

Cangiarono colore e dibattero i denti ,
Changèrent couleur et remuèrent les dents ,

Ratto   che   intesero   le parole crude.
Aussitôt que elles entendirent les paroles cruelles.

Bestemmiavano Iddio e i loro parenti,
Elles blasphémaient Dieu et leurs parens,

La specie umana, il luogo, il tempo, e il
L'espèce humaine, le lieu, le temps, et le

Seme di lor semenza e di loro nascimenti.
Principe de leur être et de leur nuissance.

Poi tutte quante (erano), piangendo forte,
Puis toutes autant que (elles étaient), pleurant fort,

Si ritrassero insieme alla riva malvaggia
Se retirèrent ensemble à la rive maudite

Che attende ciascuno uomo che non teme Dio.
Qui attend chaque homme qui ne craint pas Dieu.

Caron, dimonio con occhi di bragia
Caron, démon avec des yeux de braise

Accennando loro le raccoglie tutte;
Faisant des signes à elles (aux âmes) les rassemble toutes;

Batte con remo qualunque si adagia.
Il bat avec la rame quiconque se arrète.

Come le foglie di autunno si levano,
Comme les feuilles d'automne se lèvent,

La una apresso della altra, infino che il ramo
L'une après de l'autre, jusqu'à ce que le rameau

Rende alla terra tutte le sue spoglie;
Rende à la terre toutes ses dépouilles;

Similmente il malo seme di Adamo
Semblablement les mauvais descendans de Adam

Si gitta di quel lito ad una ad una
Se jettent de ce rivage un à un

Per cenni, come angello per suo richiamo.
Par des signes, comme oiseau (appelé) par son appeau.

Quelle anime se ne vanno così su per la onda
Ces âmes s'en vont ainsi en haut à travers l'onde

Bruna , e avanti che sieno discese di là
Brune , et avant que elles soient descendues là-bas ,

Di quà, nuova schiera si aduna ancora.
Par ici , nouvelle troupe se réunit encore.

Il Maestro cortese disse : mio figliuolo ,
Le Maître courtois dit : mon fils ,

Quelli che muojono nella ira di Dio
Ceux qui meurent dans la colère de Dieu

Convegnono tutti qui di ogni paese ;
Se réunissent tous ici de tout pays ;

E sono pronti al trapassar del rio ,
Et ils sont prompts au traverser du fleuve ,

Che la divina giustizia li sprona sì ,
Car la divine justice les pousse si fort ,

Che la tema si volge in disio.
Que la crainte se tourne en désir.

Mai anima buona non passa quinci :
Jamais âme bonne ne passe par ici ,

E però se Caron si lagna di te ,
Et partant si Caron se plaint de toi ,

Puoi bene sapere omai che suona il suo dire.
Tu peux bien savoir désormais ce que signifie son dire.

Questo finito , la campagna buja tremò
Cela fini , la campagne obscure trembla

Si forte , che (il sovvenire) dello spavento
Si fort , que (le souvenir) de l' épouvante

Mi bagna ancora la mente di sudore.
Me baigne encore l' esprit de sueur.

La terra lagrimosa diede (un) vento ,
La terre lamentable produisit (un) vent ,

E una luce   vermiglia balenò,
Et une lumière vermeille brilla,

La quale mi   vinse   ciascun sentimento,
La quelle à moi vainquit chaque   sens ,

E   caddi   come uomo   cui   sonno piglia.
Et je tombai comme homme à qui sommeil prend.

FINE DEL TERZO CANTO.
FIN DU TROISIÈME CHANT.

DIVINE COMÉDIE DU DANTE.

TRADUCTION LITTÉRALE
DU TROISIÈME CHANT DE L'ENFER,

AVEC LE TEXTE EN REGARD.

Par moi on va dans la cité de souffrance ; par moi on va dans l'éternelle douleur ; par moi on va chez la race proscrite.

La justice détermina mon sublime créateur ; je suis l'ouvrage de la divine puissance , de la souveraine sagesse, et du premier amour.

Avant moi existèrent seulement les choses éternelles , et moi je dure éternellement. *Laissez toute espérance , ô vous qui entrez.*

Je vis ces paroles écrites en couleur sombre sur le sommet d'une porte ; aussi , m'écriai-je : Maître , que leur sens est terrible pour moi !

Il me répondit comme une personne initiée : il faut laisser ici toute défiance ; il faut qu'ici toute lâcheté expire.

Nous voici arrivés au lieu où je t'ai dit que tu verras les âmes malheureuses qui ont perdu à jamais le bien suprême de l'intelligence.

N. B. Je n'ai pas besoin d'avertir que je me suis attaché à faire ici une traduction *littérale ;* aussi me suis-je vu forcé de sacrifier l'élégance française à la rigoureuse interprétation du texte.

Per me si va nella città dolente ;
Per me si va nell' eterno dolore ;
Per me si va tra la perduta gente.

Giustizia mosse il mio alto fattore ,
Fecemi la divina potestate ,
La somma sapienza , e 'l primo amore.

Dinanzi a me non fur cose create ,
Se non eterne , ed io eterno duro :
Lasciate ogni speranza , voi ch' entrate.

Queste parole di colore oscuro
Vid' io scritte al sommo d'una porta ;
Perch' io : Maestro , il senso lor m' è duro.

Edegli a me , come persona accorta :
Quì si convien lasciare ogni sospetto ;
Ogni viltà convien che qui sia morta.

Noi sem venuti al luogo ov' io t'ho detto ,
Che vederai le genti dolorose ,
Ch' hanno perduto il ben dell' intelletto.

N. B. J'ai cru devoir répéter ici le texte italien déjà placé à la page 15. Cette répétition facilitera la comparaison du français avec l'italien , et offrira aux élèves de M. Jacotot l'avantage qu'ils ne croient pas trouver dans les traductions interlinéaires.

M'ayant ensuite pris par la main, avec un visage riant qui rassura mon courage, il me fit entrer dans les lieux mystérieux.

Tant de soupirs, de plaintes, de longs gémissemens retentissaient dans ces antres où ne pénétra jamais la lumière, que d'abord j'en versai des larmes.

Mille langages divers, des discours horribles, des paroles de douleur, des accens de colère, des cris perçans et rauques, un bruit de mains qui venait s'y mêler,

Tout formait un tumulte, qui se prolonge toujours, en retentissant au milieu de ces ténèbres éternelles, comme le sable quand l'ouragan souffle.

Et moi qui ignorais la cause de tant de bruit, je dis : Maître, qu'est-ce donc que j'entends ? et quel est ce peuple qui paraît si abattu dans la douleur?

Et il me répondit : telle est la triste condition des âmes malheureuses de ceux qui vécurent sans crimes et sans mérites.

Elles sont mêlées à ce chœur réprouvé des anges qui ne furent ni rebelles ni fidèles à Dieu, mais qui ne pensèrent qu'à eux-mêmes.

Les cieux les repoussèrent pour que leur éclat n'en fût point obscurci, et le profond enfer ne les veut point recevoir, car les démons qui se révoltèrent en concevraient quelqu'orgueil.

E poi che la sua mano alla mia pose
Con lieto volto, ond' io mi confortai,
Mi mise dentro alle secrete cose.

Quivi sospiri, pianti, ed alti guai
Risonavan per l'aere senza stelle,
Perch' io al comminciar ne lagrimai.

Diverse lingue, orribili favelle,
Parole di dolore, accenti d'ira,
Voci alte e fioche, e suon di man con elle

Facevan un tumulto, il qual s'aggira
Sempre in quell' aria senza tempo tinta,
Come la rena quando il turbo spira.

Ed io ch' avea d'error la testa cinta,
Dissi : Maestro, che è quel ch' i' odo?
E che gent' è che par nel duol si vinta?

Ed egli a me : questo misero modo
Tengon l'anime triste di coloro,
Che visser senza infamia e senza lode.

Mischiate sono a quel cattivo coro
Degli angeli, che non furon rubelli,
Nè fur' fedeli a Dio, ma per se foro.

Cacciarli i ciel' per non esser men belli,
Nè lo profondo inferno li riceve,
Ch' alcuna gloria i rei avrebber d'elli.

Je lui dis alors : Maître, quel si grand tour-
ment leur fait pousser de si profonds gémissemens? Il me répondit : je te le dirai en peu de
mots.

Ces infortunés sont privés de l'espoir de
mourir, et la vie qu'ils mènent dans ces lieux
ténébreux est si triste, qu'ils sont envieux de
tout autre sort.

Le monde n'en conserve aucun souvenir, la
miséricorde et la justice les dédaignent : ne
parlons plus d'eux, mais regarde et passe.

Et moi qui regardai, j'aperçus un enseigne
qui courait en tournant avec une telle rapidité,
qu'il me paraissait condamné à une éternelle
agitation.

Il était suivi d'un si grand nombre d'âmes,
que jamais je n'aurais pensé que la mort en eût
tant moissonné.

Lorsque j'en eus reconnu quelques-unes, je
regardai attentivement, et je vis l'ombre de celui
qui fit par lâcheté le grand refus.

Aussitôt je compris et je fus assuré que c'était
la secte de ces méchans, réprouvés et de Dieu
et de ses ennemis.

Ces malheureux qui n'usèrent jamais de leur
liberté, étaient nus, et tourmentés sans cesse
par des bourdons et par des guêpes qui abon-
daient en ces lieux.

Ed io : Maestro, che è tanto greve
A lor, che lamentar li fa si forte?
Rispose : diècrolti molto breve.

Questi non hanno speranza di morte,
E la lor cieca vita è tanto bassa,
Che invidiosi son d'ogn' altra sorte.

Fama di loro il mondo esser non lassa,
Misericordia e giustizia gli sdegna :
Non ragioniam di lor, ma guarda e passa.

Ed io che riguardai, vidi una insegna
Che girando correva tanto ratta,
Che d'ogni posa mi pareva indegna.

E dietro le venia si lunga tratta
Di gente, ch' io non avrei mai creduto
Che morte tanta n'avesse disfatta.

Poscia ch' io v'ebbi alcun riconosciuto
Guardai, e vidi l'ombra di colui
Che fece per viltate il gran rifiuto.

Incontanente intesi e certo fui
Che quest' era la setta de' cattivi,
A Dio spiacenti ed a nemici sui.

Questi sciaurati che mai non fur vivi,
Erano ignudi, e stimolati molto
Da mosconi e da vespe ch' eran ivi.

4

Ces insectes sillonnaient leur visage d'un sang noir, qui, mêlé de larmes, tombait à leurs pieds où il était recueilli par des vers immondes.

Portant ensuite mes regards plus avant, je vis une troupe nombreuse réunie sur les rives d'un grand fleuve, et je dis : Maître, faites donc que je sache quelles sont ces âmes, et pourquoi elles paraissent si empressées de passer à l'autre bord, comme je le vois à travers cette sombre lueur.

Et il me répondit : tout te sera dévoilé quand nous arrêterons nos pas sur la triste rive de l'Achéron.

Alors les yeux baissés, craignant que mes paroles ne lui eussent été désagréables, je gardai le silence jusqu'à ce que nous arrivâmes au fleuve.

Et voici venir vers nous, sur une barque, un vieillard blanchi par les années, qui criait : malheur à vous, âmes perverses :

N'espérez jamais revoir le ciel : je viens pour vous mener sur l'autre rive, dans le séjour des ténèbres, au milieu des feux et des glaces.

Et toi qui es ici, âme vivante, éloigne-toi de ce séjour de la mort. Mais quand le vieillard s'aperçut que je ne partais pas,

Elle rigavan lor di sangue il volto.,
Che, mischiato di lagrime, a lor piedi
Da fastidiosi vermi era ricolto.

E poi ch' a riguardare oltre mi diedi,
Vidi genti alla riva d'un gran fiume,
Perch' io dissi : Maestro, or mi concedi

Ch' io sappia quali sono, e qual costume
Le fa parer di trapassar si pronte,
Com' io discerno per lo fioco lume.

Ed egli a me : le cose ti fien conte
Quando noi fermeremo i nostri passi
Su la trista riviera d'Acheronte.

Allor con gli occhi vergognosi e bassi,
Temendo ch' el (1) mio dir gli fosse grave,
Infino al fiume di parlar mi trassi.

Ed ecco verso noi venir, per nave,
Un vecchio bianco per antico pelo,
Gridando : guai a voi, anime prave :

Non isperate mai veder lo cielo :
I' vegno per menarvi all' altra riva,
Nelle tenebre eterne, in caldo e in gelo.

E tu che sei costì, anima viva,
Partiti da cotesti che son morti.
Ma poi ch' ei vide che non mi partiva,

---

(1) *El*, article de la langue romane, a été depuis rem-
placé par *il*.

Il ajouta : par d'autres voies, par d'autres ports, tu passeras à la rive opposée, et non par ici ; il faut pour te porter une barque plus légère.

Mon guide lui dit alors : Caron, ne te mets point en colère ; telle est la volonté de celui qui peut tout, et n'en demande pas davantage.

A ces mots, le terrible nocher du redoutable fleuve, dont les yeux étincelaient de flammes, calma sa fureur et garda le silence.

Mais ces ombres qui étaient nues et accablées de fatigue, changèrent de couleur et frémirent à ces effrayantes paroles.

Elles maudissaient Dieu, leurs parens, le genre humain, le lieu, le temps, le principe de leur être et le jour de leur naissance.

Toutes ensuite, en poussant des sanglots entrecoupés, se pressèrent sur le rivage funeste qui attend tout homme qui ne craint pas Dieu.

Le démon Caron les rassemble toutes, en leur faisant signe de ses yeux rouges de feu, et frappe de sa rame celles qui s'arrêtent.

Comme dans l'automne les feuilles tombent les unes après les autres, jusqu'à ce que le rameau dépouillé rende à la terre toutes ses dépouilles ;

Ainsi les enfans réprouvés d'Adam s'élancent les uns après les autres, du rivage sur la barque par les signes de ses yeux, comme le faucon obéit au rappel.

Disse : per altre vie, per altri porti,
Verrai a piaggia, non qui; per passare
Più lieve legno convien che ti porti.

E 'l duca a lui : Caron, non ti crucciare;
Vuolsi così, colà dove si puote
Ciò che si vuole, e più non dimandare.

Quinci fur' quete le lanose gote
Al nocchier della livida palude,
Ch' intorno agli occhi avea di fiamme ruote.

Ma quell' anime ch' eran lasse e nude,
Cangiar colore e dibattero i denti,
Ratto che inteser le parole crude.

Bestemmiavano iddio e i lor parenti,
L'umana specie, il luogo, il tempo, e 'l seme
Di lor semenza e di lor nascimenti.

Poi si ritrasser tutte quante insieme,
Forte piangendo, alla riva malvaggia
Ch' attende ciascun uom che Dio non teme.

Caron, dimonio, con occhi di bragia
Loro accennando, tutte le raccoglie :
Batte col remo qualunque s'adagia.

Come d'autunno si levan le foglie,
L'una apresso dell' altra, infin ch' el ramo
Rende alla terra tutte le sue spoglie;

Similmente il mal seme d'Adamo,
Gittasi di quel lito ad una ad una
Per cenni, com' augel per suo richiamo.

C'est ainsi que ces âmes traversent l'onde noire; et avant qu'elles soient arrivées à l'autre bord, déjà une troupe nouvelle se rassemble sur la rive qu'elles viennent de quitter.

Mon fils, me dit alors mon Maître, ceux qui meurent dans la colère de Dieu, viennent ici de toutes les contrées de la terre :

Ils montrent beaucoup d'empressement pour traverser l'Achéron; car la justice divine les poursuit si vivement que leur crainte se change en désir.

Jamais âme juste ne franchit ce redoutable fleuve : si donc Caron se plaint de toi, tu peux bien comprendre maintenant ce que signifient ses paroles.

A peine Virgile achevait-il ces mots, que cette sombre région trembla si fort, que le seul souvenir me fait encore suer d'épouvante.

Un vent impétueux sortit du sein de cette terre baignée de larmes, une lumière vermeille parut comme un éclair au milieu des ténèbres ; pour moi, j'en fus tellement saisi de frayeur, que j'en perdis l'usage de mes sens, et je tombai comme un homme accablé de sommeil.

FIN DU CHANT TROISIÈME.

Cosi s'en vanno sù per l'onda bruna;
Ed avanti che sien di là discese,
Anche di quà nuova schiera s'aduna.

Figliuol mio, disse il Maestro cortese,
Quelli che muojon nell' ira di Dio,
Tutti convegnon qui d'ogni paese:

E pronti sono al trapassar del rio,
Che la divina giustizia li sprona
Sì, che la tema si volge in disio.

Quinci non passa mai anima buona;
E però se Caron di te si lagna,
Ben puoi saper omai ch' suo dir suona.

Finito questo, la buja campagna
Tremò si forte, che dello spavento
La mente di sudor ancor mi bagna.

La terra lagrimosa diede vento,
E balenò una luce vermiglia,
La qual mi vinse ciascun sentimento,

E caddi, come l'uom, cui sonno piglia.

FINE DEL CANTO TERZO.